REISER

jeanine

achter
bahn
AG

Die Deutsche Bibliothek – CIP Einheitsaufnahme
Taschenbuch Reiser, Jean-Marc: Jeanine
1. Auflage 2001 – Kiel: Achterbahn AG
ISBN 3-89719-201-2

Achterbahn AG
Werftbahnstraße 8, 24143 Kiel
www.achterbahn.de

Printed in Italy

1. Auflage 2001
ISBN 3-89719-201-2

KINDERCHEN...
EURE MAMA HAT HEUT KEINE LUST AUFZUSTEHEN
DU MACHST JETZT MAL KAFFEE
DU HOLST ZIGARETTEN
UND DU MACHST MIR TOAST
HOFFENTLICH VERBRÜHT ER SICH NICHT
HOFFENTLICH WIRD SIE NICHT ÜBERFAHREN
HOFFENTLICH KRIEGT ER KEINEN GEWISCHT...
HOFFENTLICH SCHMECKT DER KAFFEE
AACH JA JA JA... MUTTER SEIN...
KINDER HABEN... NIX WIE SORGEN UND AUFREGUNG!
REISER

STUNDENPLAN
EHEM... GNÄDIGE FRAU
ICH HABE SIE HERGEBETEN ALS MUTTER IHRES SOHNES JOHNNY
TJA, ALSO... WIE SOLL ICH SAGEN
WIE MICH DAS ANÖDET...
ZUNÄCHST SAGE ICH IHNEN NICHTS NEUES, WENN ICH...
... IHNEN MITTEILE, DASS DIE LEISTUNGEN IHRES SOHNES MEHR ALS ZU WÜNSCHEN ÜBRIG LASSEN
VON BETRAGEN UND MITARBEIT WILL ICH GAR NICHT REDEN
WIE MICH DAS ANÖDET...
IM ZWEITEN HALBJAHR IST KEINERLEI VERBESSERUNG EINGETRETEN
ICH HABE HIER SEIN ZEUGNISHEFT; WIE SIE HABEN FESTSTELLEN KÖNNEN, LIEGT KEINE NOTE UNTER AUSREICHEND
OH JE!...
ICH SEHE HIER NUR VIEREN UND FÜNFEN...
VON DEN SECHSEN GANZ ZU SCHWEIGEN
ES IST OFFENSICHTLICH, DASS IHR KLEINER JOHNNY WENIG EHRGEIZ ZEIGT
WIE MICH DAS ANÖDET...
VERSCHLIMMERT WIRD DAS ALLES DURCH DIE VÖLLIGE APATHIE, DIE SEINE LEHRER AN IHM BEOBACHTEN...
... UND DIE VON FEHLENDEM SCHLAF HERRÜHRT
ZZZZZ
DIE FOLGE EXZESSIVEN SPÄTABENDLICHEN FERNSEHKONSUMS
ZZZZZ
1

EINE ANDERE, NOCH HEIKLERE SACHE...
ZZZZZ
RRRRR
ZZZZZZ
HÖM...
HÖMM
RRRRRRRn
HRÖÖMM
ARRRRRRn
ZZZZZ
HÖM
HÄ?
WO BIN ICH?
ICH BIN DOCH NICHT ETWA MIT DER BRENNENDEN ZIGARETTE EINGESCHLAFEN?
AU WEIA... WENN ICH VOR IRGENDWAS IN DER WELT WIRKLICH SCHISS HAB...
...DANN WEGEN SO WAS LEBENDIG ZU VERSCHMOREN!
UND SIE LASSEN ZU, DASS IN IHRER ANSTALT MENSCHEN MIT BRENNENDER ZIGARETTE IM SCHNABEL EINSCHLAFEN?
NA, BRAVO!
UND IHNEN VERTRAUEN WIR UNSERE KINDER AN! DA HÖRT SICH DOCH ALLES AUF!
REISER

FRAG MICH NUR, OB ICH SO'N TEIL NOCH ANZIEHN KANN, BEI MEINEM BAUCH...
KÖNNT PASSEN, ODER?
WAS NEHM ICH DENN FÜR 'NE FARBE?
MAL GUCKEN, WIE MEIN ARSCH DRIN AUSSIEHT
ÄHM... ICH MUSS SIE DARAUF HINWEISEN, DASS SIE BEIM ANPROBIEREN IHREN SLIP ANBEHALTEN
WAS?
DAS DÜRFTE SCHWIERIG WERDEN, IM SOMMER GEH ICH OHNE HÖSCHEN!
HAM SIE ETWA ANGST, DASS ICH HAARE IN IHREM BIKINI LASSE?
KEINE SORGE, ICH HAB KEINE MEHR!
1

ICH HAB MIR NEULICH FILZLÄUSE GEHOLT UND MUSSTE MIR DIE MÖSE RASIEREN
VIELLEICHT HAM SIE JA ANGST, DASS ICH MEINEN ALTEN TAMPON IN IHREN MINI PACKE?
AUCH DIESERHALB: KEINE SORGE...
ICH BIN IM ZWEITEN MONAT, UND FAHR MORGEN ABTREIBEN...
...IN DEN SÜDEN!
DESHALB BRAUCH ICH JA AUCH DAS BADETEIL, IN DER ERHOLUNGSZEIT WIRD NÄMLICH SONNE GETANKT
HIER, ICH NEHM DEN SCHWARZEN!
SIEHT VORNEHMER AUS!... HI HI HI!
REISER

DAS DARF NICHT WAHR SEIN... SO HOCH WAR DER TURM DRECKIGE WÄSCHE NOCH NIE...
DEMNACH HAB ICH SEIT ZWEI MONATEN KEINEN FUSS MEHR IN DIE WÄSCHEREI GESETZT
WER AUCH NICHT SCHLECHT KLETTERT, IST DER BÜCHSENHAUFEN...
WAHNSINN, WAS DREI BÄLGER SO WEGFRESSEN...
ABER DER GESCHIRRBERG LIEGT AUCH GUT IM RENNEN...
HÖRT MAL, IHR SÜSSEN, IHR VERTREIBT EUCH NICHT ZUFÄLLIG DIE ZEIT DAMIT, UM DIE WETTE ZU KLETTERN, WÄHREND EUCH TANTI JEANINE DEN RÜCKEN ZUKEHRT?!
HEH! DER GESCHIRR-BERG HAT BEIM START GEMOGELT, DASS IHR BESCHEID WISST!
ICH WILL JA KEINE ZWIETRACHT UNTER EUCH SÄEN, ABER ICH BIN NUN MAL FÜR FAIR-PLAY
GING GONG GINGONG
1

GONG GINGONG
WAS IST DAS FÜR'N ARSCH?
ICH BRINGE IHNEN DIE BOTSCHAFT DER BIBEL
ÖH... NEIN DANKE
WISSEN SIE, WENN MAN DREI KINDER HAT...
HEISST'S EINKAUFEN, KOCHEN, SPÜLEN, WASCHEN, PUTZEN...
DA KOMMT MAN NICHT ZUM LESEN...
ICH VERSTEHE
HOU HOU HOU
«ICH VERSTEHE», SAGT DIE DOCH GLATT...
ÜBERHAUPT NIX HAT DIE KAPIERT, DIE DUMMSCHNUDDEL!
REISER

ICH MUSS NICHT NUR BEIM ZWIEBELSCHÄLEN HEULEN ...
ICH HEUL BEI JEDEM GEMÜSE, WENN ICH ES SCHÄLEN MUSS!
HUH HUH HUH
ES GIBT NIX TRAURIGERES AUF DER WELT ALS KARTOFFELN SCHÄLEN
UND KAROTTEN, NATÜRLICH!...
UND STECKRÜBEN, UND SCHWARZWURZELN, UND SPARGEL!...
DAS ZIEHT MICH VÖLLIG RUNTER!...
MEIN GOTT, IST DAS BESCHISSEN!.. IST GEMÜSE BESCHISSEN!
ZUR NOT KÖNNTE ICH ES VIELLEICHT MIT EINEM ALKOHOLIKER AUSHALTEN, ODER EINEM FAULENZER ...
...MIT EINEM GAUNER, MIT EINEM, DER SCHWEISSFÜSSE HAT, EINEM, DER NACHTS SCHNARCHT.
BONK
ABER NIE, NIEMALS MIT EINEM VEGETARIER!
REISER

PUSTE, DASS SIE TROCKNEN!
FESTER!
FESTER!
HE!

DA, DU KLEINES DRECKSCHWEIN!
SOWAS IN DEINEM ALTER! SCHÄMST DU DICH NICHT?!
GANZ DER STIEFVATER!
DIE WERDEN NIE TROCKEN!
KOMM HER!
DU WIRST NOCH MAL PUSTEN...
ABER ACHTUNG!
2

DIESMAL HÄLTST DU DIR DIE AUGEN ZU!
UND WEHE, DU GUCKST!
GUCKT DER EIGENEN MUTTER AUF DIE MÖSE... IN DEINEM ALTER... UNERHÖRT!
WIE ALT WIRST DU EIGENTLICH?
BALD ZEHN
ZEHN...
SEHR GUT, DANN HAST DU HIERMIT SCHON MAL DEINE GEBURTSTAGS-TORTE WEG!
REISER

WIEDERSEHN, KINDER
LOS, RAUS JETZT!
IN GEWISSER HINSICHT IST ES SO BESSER
WENN ICH BEDENKE, DASS ICH MIR VORGESTELLT HATTE, DICH EINES TAGES MIT MIR ZU NEHMEN, IN MEIN DORF...
GÜTIGER HIMMEL!... MEINE MUTTER HÄTTE DER SCHLAG GETR...
HEHEHE
ICH VERBIETE DIR, DICH ÜBER MEINE MUTTER LUSTIG ZU MACHEN!
Hi Hi Hi
MEINE MUTTER IST EINE HEILIGE FRAU! DU BESITZT AUCH NICHT DEN 10 MILLIONSTEN TEIL IHRER TUGENDEN!
DANN GEH MAL SCHÖN WIEDER ZU IHR!
EINES TAGES WERDE ICH IN MEIN DORF ZURÜCKKEHREN...
...UM DORT STILLE UND INNEREN FRIEDEN WIEDERZUFINDEN...
HÖR MIT DEM GELABERE AUF!
... WIEDERZUFINDEN DIE HARMONIE MIT DER NATUR UND DEN ELEMENTEN...
DU HAST SCHON IMMER ZU VIEL GELABERT!
HAM SIE DICH MIT DEN PAPAGEIEN ZUR SCHULE GESCHICKT?
1

WERDE BITTE NICHT AUCH NOCH RASSISTISCH!
RAUS JETZT!
DENN GOTT SEI MEIN ZEUGE: EINE EINZIGE KLEINIGKEIT KANN MAN DIR NICHT VORWERFEN...
... UND DAS RECHNE ICH DIR HOCH AN...
... DASS DU DICH MIR GEGENÜBER JEMALS RASSISTISCH BENOMMEN HÄTTEST
DER BEWEIS: DU HAST MICH BEI DIR AUFGENOMMEN
FREILICH NUR FÜR EINE KURZE WEILE...
DOCH NUR WENIGE FRAUEN HÄTTEN DAZU DEN MUT BESESSEN!
JADOCH, KEINE SENTIMENTALITÄTEN!
WENN ICH DICH BEI MIR HAB WOHNEN LASSEN, DANN NUR...
... ABER WIRKLICH NUR...
... UM DIE NACHBARN ZU ÄRGERN!
IS JETZ MITTEM NEGER!
UND SO EINE HAT DREI KINDER!
BALD HAMMER HIER HARLEM!
WENN DIE HIER ERST ANRÜCKEN, SIND UNSERE HÄUSER NUR NOCH DIE HÄLFTE WERT!
REISER

KINDER, DAS SOZIALAMT HAT WIEDER MAL WAS RAUSGERÜCKT
PIZZA LUIGI
HEUT WIRD NIX GEKOCHT, HEUT GEHN WIR PIZZA ESSEN
AU JA!
UND DA GEHEN UNSERE STEUERN HIN!
PIZZA CHEF!
PIZZA FUNGHI
HMMM...
AH... MADAME JEANINE...
DARF ICH IHNEN EINEN APERITIF BRINGEN?
NEIN
HMMMM..
ODER BESSER DOCH!
OHNE MIR MUT ANZUTRINKEN, BRING ICH DEINEN FRASS EH NICHT RUNTER!
1

DA GEHEN UNSERE SOZIALABGABEN HIN!
ER NUN WIEDER...
SO IST DAS MAL!...
WENN EIN TYP KNETE ABDRÜCKEN MUSS FÜR DIE BÄLGER, DIE ER DIR GEMACHT HAT...
... DANN STELLT ER SICH SCHON DÄMLICH GENUG AN!
ABER WENN ER NOCH DAZU NICHT MAL EINEN WEGSTECKEN DURFTE, UM SIE DIR ZU MACHEN...
TJA DANN... DANN GEHT IHM DAS GANZ SCHLECHT RUNTER, WIE?
AUF DEIN WOHL, DU STEUERSAU... BERMANN!
UNERHÖRT!
2
REISER

WAS IST…
… DAS DENN?
ABER DAS IST JA'NE KAKERLAKE?
ICH HAß KAKERLAKEN?..
JETZT BIN ICH FERTIG
NICHT WEGEN DER KAKERLAKE, DIE IST MIR SCHNURZ UND PIEPE…
SONDERN WEIL ICH DAS WIEDER SEIN WERDE, DIE SIE INS HAUS GESCHLEPPT HAT, DAS HAUT MICH UM…
WEIL'S NICHT STIMMT!
WENN HIER JEMAND DAS UNGEZIEFER ANZIEHT, DANN DIE HAUSMÜTTERCHEN MIT IHREN VORRATSBERGEN!…
1

BEI MIR STEHEN ALLES IN ALLEM DREI DOSEN RAVIOLI UND ZWEI DOSEN FISCHFILET!
WO SOLLEN DIESE TIERCHEN DA WAS ZU FRESSEN FINDEN?
ICH ZIEH IN DEM MOMENT KAKERLAKEN AN, WENN DIE GELERNT HABEN, WIE MAN DOSEN AUFMACHT!
UND DAS IST SO BALD NICHT DER FALL!
JEANINE!
DER KLEINE WILL, DASS DU IHN VOM TOPF RUNTER-HEBST!
KEIN ZEIT!
ICH BIN IN DER KÜCHE UND HAB ALLE HÄNDE VOLL ZU TUN
JEANINE UND ALLE HÄNDE VOLL ZU TUN? IN EINER KÜCHE? MUSS ICH SEHEN...
JADOCH, EINE HAND ZUM KAKERLAKEN JAGEN UND DIE ANDERE ZUM FILZLÄUSE KRATZEN!
ALLES KLAR...
PLAF
TCHIC TCHIC TCHIC
REISER

LOS, IHR RACKER... SONNENCREME-KOLONNE...
...MARSCH!
UND FESTE EINREIBEN!
WIR REIBEN EIN, DASS MAMA GANZ BRAUN AUS DEM URLAUB KOMMT
UM DIE NACHBARINNEN ZU ÄRGERN!
AAAH TUT DAS GUT!
1

2
DASS SICH EINE MUTTER VON IHREN KINDERN EINCREMEN LÄSST, FINDE ICH KRANKHAFT!
ES GEHT GERADE NOCH AN, SICH DERLEI VOM EIGENEN MANN MACHEN ZU LASSEN!...
DA LIEGEN SIE SCHIEF!
WENN DIE CREME RICHTIG IN DIE FALTEN EINZIEHEN SOLL, GIBT ES NIX BESSERES ALS KLEINE HÄNDE!
REISER

MUSST DU NICHT ZUM DIENST?
FÄNGT ERST UM ZWÖLF AN
FAULENZER-BERUF!
BRINGST DU MIR DEN KAFFEE ANS BETT?
HE HE HE

... MIT CROISSANTS? ...
HE HE HE
DOCH?
KOMMT SCHON!
SCHEINT NICHT DIE ART DES HAUSES ZU SEIN...
ENTSCHULDIGE, ICH HATTE KEINE SAUBERE TASSE MEHR...
MEINE DIENSTMÜTZE!
SOLL ICH DIR MARMELADE AUF DEINE PISTOLE TUN UND DEINE HANDSCHELLEN IN DEN TOASTER?
SAG DOCH NÄCHSTENS GLEICH, DASS DU KEINE BULLEN MAGST!
ICH HAB KEINEN ZUCKER DRAN, ICH HATTE ANGST, DASSER MIT DEINEN SCHUPPEN KLUMPT...
2
REISER

HALLO? IST DORT DER BABYSITTERDIENST?
SOLL 'NE JUNGE FRAU SEIN, DIE HEUT ABEND AUF MEINE KINDER AUFPASST, ICH WILL INS KINO
HALLO? WIE? NEIN, NEIN IST NICHT VIEL ZU TUN
DIE KLEINEN BEAUFSICHTIGEN UND ZWEI TELLER SPÜLEN
UND DANN NOCH ZWEI, DREI KLEINIGKEITEN
FÜR HEUTE ABEND, JA, DANKE!
IM ALLGEMEINEN MACHEN SIE AUF DEM ABSATZ KEHRT...
ICH WARTE NOCH IMMER AUF DIE EINE, DIE ALLES AUFRÄUMT UND BLITZBLANK PUTZT, WÄHREND ICH MIR EINEN STREIFEN REINZIEHE
MEIN GOTT... KINO IST DOCH ZUM TRÄUMEN DA, ODER?...
REISER

WIESO JUCKT DAS HIER ANDAUERND?
NGRRR
NICHT ZU FASSEN, ICH HAB FILZLÄUSE!...
?
WAS HABEN WIR DENN DA?
DAS IST EINE!...
WÄÄÄH
DRECKVIEH!
1

DU SCHEISSE!
ALLES VOLL!
WER HAT MIR DIE AUFGEHÄNGT?
EINE FLASCHE WOLLWEICH, BITTE
OMO
NGRRR
NGR!
NGR
MMMMH
WELCHER HURENSOHN WAR DAS? WELCHER SACK HAT ES GEWAGT, MIR SEINE RATTEN AUFZUHÄNGEN?
2

MADAME JEANINE...
ICH BRAUCH WAS GEGEN INSEKTEN
UM WELCHE ART INSEKTEN HANDELT ES SICH, MADAME JEANINE? KAKERLAKEN, FLÖHE, FLIEGEN, SPINNEN, STECHMÜCKEN, MOTTEN?...
UM SOLCHE, DIE SIE NICHT AUFGEZÄHLT HABEN
HM
ÄHM
AMEISEN?
NEIN
WESPEN?
NEIN
WANZEN?
NEIN
KELLER-ASSELN?
NEIN
TAUSENDFÜSSLER? MISTKÄFER? MAIKÄFER?
NEIN NEIN NEIN
TERMITEN?
NEIN
TJA, DA WÜSST ICH NICHT, WAS SIE MEINEN...
SIE HAM WIRKLICH GAR KEINE AHNUNG?
AM ENDE IST MEIN RUF HIER IM VIERTEL DOCH NICHT SO ÜBEL...
REISER

HÖR MAL! AUF DEINEM JOGHURT STEHT: „GEKÜHLT HALTBAR BIS 11. MÄRZ"!
WIR HAM DEN 27!
16 TAGE DRÜBER!
WAS SOLL DER SCHEISS? WILLST DU MICH VERGIFTEN?
DU HAST GUT REDEN, MIT DEINER LUXUSUHR...
... DIE'S DATUM ANZEIGT!
DIE GIBST DU ÜBERHAUPT BESSER MIR!

SIEHT KLASSE AUS, HATT ICH NOCH NIE, UND HERRENUHREN GEFALLEN MIR EH BESSER!
DAS WÄR 'N TEURER JOGHURT!
VOR ALLEM 'N ALTER!...
O.K., ICH FIND DAS NICHT MEHR LUSTIG, ICH BRAUCH MEINE UHR!
DU BRAUCHST KEINE UHR MIT DATUMANZEIGE...
... WEIL DU JEDEN TAG JOGHURT FRISST!
CLAP
DU NIMMST DEN DECKEL MIT DEM VERFALLSDATUM...
... TUST IHN SCHÖN AUF DEINEN HANDRÜCKEN, GUMMI DRUM, FERTIG!
REISER

HÖR MAL ZU ... DA KOMMT GERADE EIN REZEPT
SIE SCHNEIDEN EIN PERLHUHN IN VIER STÜCKE
MMMM
DU KÖNNTEST RUHIG MITSCHREIBEN...
MMMM
BEI DEINEM EWIGEN BÜCHSENFRASS
ANSTATT DIR DEN LIEBEN LANGEN TAG DIE NÄGEL ANZUPINSELN!
DIE ZWIEBELN LEICHT ANBRATEN
MMMM
BESCHLAGNAHMT!
GIB DAS HER!
NÖ
GIB DAS SOFORT HER!
GUT, GUT

WENN DU WENIGSTENS NETT WÄRST...
NUN GEBEN SIE DIE TOMATENBOUILLON HINZU...
ICH HAB ÜBRIGENS GERADE SELBST EIN REZEPT ERFUNDEN...
?
SAUERKRAUT AN NAGELLACK
SPINNST DU?!
DAS WAR DIE LETZTE BÜCHSE... UND DIE LÄDEN HAM SCHON ZU!...
DA BLEIBT NUR EINS: DU LÄDST MICH IN DIE BRASSERIE EIN
ABER DIE SCHLIESSEN GLEICH, UND WIR SIND NOCH GAR NICHT ANGEZOGEN!
WIRF DEIN JACKSTÜCK ÜBER, MEINE NÄGEL SIND SCHLIESSLICH FERTIG, UND DIE DAUERN IMMER AM LÄNGSTEN!
2
REISER

HALLO?
ROSI RATGEBER?
HIER ROSI RATGEBER, ICH HÖRE SIE!...
ICH BIN FÜR SIE DA, FÜR ALLE FRAGEN ZU HAUS UND KÜCHE, KIND UND KEGEL...
PRIMA! WENN MAN... ZUM BEISPIEL RAVIOLI EINE ZEITLANG IM TOPF STEHEN LÄSST...
...BILDET SICH DARAUF SO EINE GRÜNLICHE, HAARIGE SCHICHT... STELLENWEISE ZIEMLICH DICK... ÖHM...
...FÜNF, SECHS ZENTIMETER
JA... ÄH... DAS IST SCHIMMEL
ABER DAZU MUSS MAN RAVIOLI SEHR LANGE STEHEN LASSEN...
JAJA... ICH WAR IN LETZTER ZEIT ETWAS ÜBER-FORDERT...
APROPOS...
7

HEUT WAR ICH EIN WENIG MÜDE, BIN EINGEPENNT UND HAB VERGESSEN...
... EINZUKAUFEN, UND ALS ICH AUFGEWACHT BIN, HATTEN DIE LÄDEN SCHON ZU!
UND ALSO, MEINE BÄLGER HAM JA IMMER HUNGER, UND WEIL NIX IM KÜHLSCHRANK WAR, HAM SIE DIE SCHIMMELSCHICHT ABGEHOBEN
UND ALLE RAVIOLI AUFGEGESSEN!
UND... DA WOLLT ICH MAL WISSEN...
... OB DAS GIFTIG IST?
ÄH, EHEM... NICHT DIREKT, ABER...
NICHT GIFTIG?
HERVORRAGEND!
DANN KANN ICH ALSO INS KINO GEHEN, STATT AUF DEN DOKTOR ZU WARTEN?...
DANKE, ROSI, DANKE!
WAS WÜRDEN WIR NUR OHNE SIE TUN...
... WIR GEPLAGTEN HAUSFRAUEN...
REISER

DU WIRST EINMAL ENDEN WIE EIN HUND, EINSAM UND VERLASSEN!
VERSCHWINDE!
IRGENDWANN WILL DICH KEINER MEHR!
VERSCHWINDE!
ICH GEH JA SCHON, DU BRAUCHST MICH NICHT ZU SCHUBSEN!
ICH HAB WAS VERGESSEN!
DEN SCHNELLKOPF... DEN SCHNELLKOCHTOPF, DEN ICH DIR GEK...
KANNST DU HABEN!
WEIL...
ICH SEH NICHT EIN, DASS SICH IRGENDEIN KERL VON DIR BEKOCHEN LÄSST...
... IN MEINEM SCHNELL-TOCH... ÄH, SCHNELLKOCHTOPF, DEN ICH BEZAHLT HAB!
KLIRR
KLANK
FANG!
HE!
1

BIST DU WAHNSINNIG?!
EIN NAGELNEUER SCHNELL... KOCHTOPF!
DEN DU, JA DU, NICHT EIN EINZIGES MAL BENUTZT HAST!
HAST DU JETZT DEINEN SCHNELLTOCHKOPP? DANN VERZIEH DICH!
SCHON GUT...
AH, DIE WERD ICH SO SCHNELL NICHT VERGESSEN!
DIE NICHT!
DIE NICHT! DIE NICHT!
FUNKELNAGELNEU!
DIE LUXUSAUSFÜHRUNG
ROSTFREI
HAB ICH GEKAUFT... HAT EIN SCHWEINEGELD GEKOSTET
?
DAS DARF NICHT WAHR SEIN!
DAS KANN DOCH NICHT WAHR SEIN...
LÄSST MICH EIN LETZTES MAL DEN MÜLL RUNTERTRAGEN, UND DAS IN MEINEM NEUEN... SCHNELLKOCHTOPF!
REISER

EIN KLEINES PÄCKCHEN WASCHMITTEL, BITTE
ICH SAGTE: EIN KLEINES PÄCKCHEN
DAS IST UNSER KLEINSTES GEBINDE
IST JA RIESENHAFT!
DARAN HAB ICH 'N GANZES JAHR...
DABEI VERSCHÜTT ICH BEIM EINFÜLLEN JEDESMAL DIE HÄLFTE!
NA SCHÖN... WENN'S NIX ANDERES GIBT
1

DIE HÄTTE NOCH ZUM ERSTEN MAL IHR WASCHMITTEL IM 10-KILO-PACK ZU KAUFEN...
ODER SPÜLI IN DER FAMILIENSPARFLASCHE
ODER FENSTERKLAR
ODER RÜBENSIRUP FÜR IHRE BÄLGER
NUR EINS KAUFT DIE IN FÜNF-LITER-KANISTERN... NUR EINS!
IHREN NAGELLACK!
REISER

AHA
SIE HAT IHRE SONNENBRILLE AUF...
DAS HEISST, DASS IHR JULIUS IHR EINS ÜBERGEBRATEN HAT
Hi! Hi!
DASS MAN IHR BLAUES VEILCHEN NICHT SIEHT
Hi Hi Hi
ALS OB SO'N RIESENDING VON SONNENBRILLE NIEMAND AUFFALLEN WÜRDE, BEI DEM WETTER ...
ÄH... WAS...
WENN SIE 'NE SONNENBRILLE WOLLEN, KANN ICH IHNEN EINE LEIHEN
BEI IHREM RACHITISCHEN HOSENSCHEISSER VON MANN LOHNT NÄMLICH KEIN KAUF...
... DIE WÜRDE SICH NIE AMORTISIEREN!
REISER

WAS BRÜLLST DU DENN WIEDER?
MEIN GOTT, WAS BRÜLLST DU DENN WIEDER?
WENN DU LIEGST, BRÜLLST DU...
WENN DU SITZT, BRÜLLST DU!...
WENN ICH DICH NEHM, BRÜLLST DU!...
SOLL ICH DICH AUS DEM FENSTER WERFEN?
SOLL ICH DICH AN DIE WAND KLATSCHEN?
SOLL ICH DICH IN DIE FRITEUSE SCHMEISSEN?
?
WIE? DAS HAST DU VERSTANDEN?
MIT ACHT MONATEN?
HERR IM HIMMEL!
SOLLTE ICH EINEN HOCHBEGABTEN ABGELEGT HABEN?
REISER

Oi Oi oi oi oi...
Wie seh ich denn aus?
Das sind keine Ringe mehr, das sind LKW-Reifen
Geplatzte Äderchen, das gibt's doch nicht!...
Kaum zu sehen, aber man sieht's
SCHEISSE!
Nix zu machen!
Ich werd alt, oder was?
Zum Glück kann sich...
...mein Body sehen lassen
Für mein Alter find ich mich gar nicht übel...
Die meisten jungen Dinger könnten froh sein, wenn sie meine Titten hätten
Gut, okay, zwei, drei Schwangerschaftsstreifen...
...und sogar paar Speckfalten...
Aber kein Grund zur Panik
1

UND DIESE BEINE?... TADELLOS, MADAME, ODER?
UND IST DAS EIN HINTERN?... DER HIER?!...
PLAF
ICH WILL JA NICHT ANGEBEN, ABER ICH HAB SCHON EINEN AUSSERGEWÖHNLICH GUTEN ARSCH!
UND ALLES OHNE GYMNASTIK, OHNE YOGA, OHNE DIÄT, OHNE KALORIEN-ZÄHLSCHEISS!
PLAF
OKAY, ICH KÖNNTE NOCH BESSER AUSSEHEN
ABER WENN ICH MEINE MIESE JUGEND IN BETRACHT ZIEHE...
MEINE DREI BÄLGER...
VON DEN ABTREIBUNGEN ZU SCHWEIGEN...
...UND ALL DEN KERLEN, DIE ICH DRÜBER GELASSEN HAB!
DIE 50, 60 ZIGARETTEN PRO TAG
DIE GANZE VOLL-WERD-KOST, HIHI
UND WO ICH MICH ÜBERALL RUMGETRIEBEN HAB...
ICH MÜSSTE MISS UNIVERSUM SEIN!
SO, HAB MICH WIEDER GEFANGEN!
KEINE FRAU AUF DER GANZEN WELT HÄTTE SICH DAS ALLES ERLAUBEN UND DABEI SO SCHÖN BLEIBEN KÖNNEN!
ALSO WERDEN MIR GERADE DIE TUSSIS VON NEBENAN IMPONIEREN!
PLAF
REISER

MONTAGS KONSERVEN, DIENSTAGS KONSERVEN, MITTWOCHS KONSERVEN, DONNERSTAGS KONSERVEN, FREITAGS KONSERVEN...
KOCHST DU DENN ÜBERHAUPT NIE?
HE, PASS DOCH AUF, DIE SOSSE SPRITZT JA AUF DIE PLATTEN!
SEHR INTELLIGENT..
NICHT DAS ERSTE MAL, DASS DIE WAS ABGEKRIEGT HAT...
DA IST ABER AUCH ALLES DRAUF... FETT, NUDELRESTE, LINSEN, SARDINENSCHUPPEN, TOMATENSAUCE...
DAS SIND KEINE SCHALLPLATTEN, WAS DU DA HAST, DAS SIND PIZZAS!
NA ALSO, DANN SIEHST DU DOCH, DASS ICH AB UND ZU KOCHE!..
REISER

AAAH JEANINE...
DEINE SCHENKEL, HART WIE GRANIT
DEIN DUFT NACH TOTEN KRABBEN...
PLAF
DAS KLATSCHEN DER WELLEN
DU WIDERLING!
PFLUIT!
DIE SPRITZER DER GISCHT...
ALLES AN DIR ERINNERT MICH AN MEINE BRETONISCHE HEIMAT...
WIE SCHADE, DASS DU NICHT WEISST, WIE MAN CRÊPES MACHT...
ALLE BESCHEUERT, DIESE BRETONEN!
REISER

ZEIGST DU MIR DEIN KÄTZCHEN?
SAG?
SCHÄL KARTOFFELN!
ICH SCHÄLE KARTOFFELN, WENN DU MIR DEIN KÄTZCHEN ZEIGST...
SCHÄL KARTOFFELN!
GUT, GUT
ICH SCHÄLE KARTOFFELN, UND HINTERHER ZEIGST DU MIR DEIN KÄTZCHEN
ABGEMACHT?
SO, FERTIG, UND NUN HÄTTE ICH GERNE MEINE BELOHNUNG!
OOCH, NEIN! DU HAST ES VERSPROCHEN!
WISCH DEN BODEN AUF
OH NEIN!
ICH WISCHE DEN BODEN NUR AUF, WENN DU MIR DEIN KÄTZCHEN ZEIGST!
WISCH AUF!
GUT, GUT
ICH WISCHE DEN BODEN AUF, UND DU ZEIGST MIR DEIN KÄTZCHEN...
...ABGEMACHT?
1

FERTIG! UND MEINE KLEINE BELOHNUNG?
OOCH, NEIN! DU HAST ES VERSPROCHEN!
NEIN NEIN, NEIN NEIN!
SO GEHTS NICHT!
IST DOCH GAR NICHT SCHWER!
TRÄGST NICHT MAL EIN HÖSCHEN, MUSST NUR SO MACHEN!
MEHR NICHT!
...UND ICH BIN GLÜCKLICH
HEEEH!
BOUM BOUM
DU BIST GEMEIN, GANZ GEMEIN BIST DU ZU MIR!...
BOUM BOUM
CLAC
NACH ALLEM, WAS ICH FÜR DICH GETAN HABE, BEHANDELST...
...DU MICH SCHLIMMER ALS EINEN HUND!
SOGAR DER GOLDFISCH IST BESSER DRAN!
STIMMT!
?
REISER

DIE WELT GEHORCHT ZWEI GROSSEN PRINZIPIEN, DIE SICH AUCH IN UNSERER NAHRUNG WIEDERFINDEN
YING UND YANG
DAS EINE IST MÄNNLICH, DER YANG DAS ANDERE WEIBLICH, DIE YING
ZUR YING GEHÖREN DIE TOMATE, DIE AUBERGINEN, DER KÜRBIS, DIE KARTOFFEL...
ZUM YANG DER LAUCH, ALLE KOHLARTEN, KAROTTEN, DER REIS...
WIE MICH DAS ANÖDET
JA, DOCH,... SEHR INTERESSANT... ICH HATTE DIE GEMÜSE ÜBRIGENS AUCH BEREITS IN ZWEI KATEGORIEN EINGETEILT
1. DIE MAN PUTZEN MUSS
2. DIE MAN NICHT PUTZEN MUSS!...
REISER

DIE DA!...
ICH MÖCHT NICHT WISSEN, WAS DIE IHREN KINDERN HINSTELLT, WENN SIE AUS DER SCHULE KOMMEN!...
SEHT MAL, WIE SCHÖN EURE MAMA IST!
UAH! IST DIE SCHÖN!
GANZ BRAUN!
WIR HAM DIE SCHÖNSTE IM GANZEN VIERTEL!
REISER

BÄÄÄÄH
DAS IST JA EKELHAFT! EKELERREGEND!
SCHON WIEDER BLUTFLECKEN! KANNST DU NICHT AUFPASSEN, WENN DU...
... DEINE TAGE KRIEGST?
ICH KANNTE GENUG FRAUEN, DENEN DAS NIE PASSIERT IST!
NIE!
FEINFÜHLIGE, GEPFLEGTE, RASSIGE, GEBILDETE FRAUEN...
HAR HAR
... DIE SICH VORSAHEN, WENN SIE MERKTEN, DASS ES ANFING, SOGAR IM BETT, JAWOHL!
JA, HEH! JA, SAG MAL...
DA SIND JA NOCH ALTE FLECKEN, VOM LETZTEN MAL!

DAS BEWEIST, DASS DU DIE BETTLAKEN NUR ALLE VIER WOCHEN WECHSELST!
HEH
SCHÖNE WIRT-SCHAFT!
NUR ALLE VIER WOCHEN...
MONATS-LAKEN!
NA UND?
DIE APOTHEKE IST DIREKT NEBEN DER WÄSCHEREI...
...UND WENN ICH TAMPONS HOLEN GEH, NEHM ICH GLEICH DIE LAKEN MIT
BRAVO! DAS NENN ICH HAUSHALTEN MIT KÖPFCHEN!
DU SOLLTEST KURSE AN DER HAUSWIRTSCHAFTSSCHULE GEBEN!
EINE FRAGE: WENN DU IN DIE WECHSELJAHRE KOMMST, HAST DU KEINE ANHALTSPUNKTE MEHR...
WOHER WILLST DU DANN WISSEN, WANN DIE LAKEN GEWECHSELT WERDEN MÜSSEN!
KEINE ANTWORT... DAS KANN JA HEITER WERDEN...
ICH WILL DIR WAS SAGEN: BIS DAHIN HOFFE ICH, NICHT MEHR IN DEINEN BETTLAKEN ZU LIEGEN!
ICH AUCH!
WEIL, WENN ICH IN DIE WECHSELJAHRE KOMME...
...BIST DU SCHON IN DEM ALTER, WO MAN INS BETT SCHEISST!
2
REISER

ICH TRINK NOCH'N SCHLUCK, UND DANN MACH ICH MICH AN DIE ARBEIT!
SCHEISSE NOCH MAL, IST DAS EIN COGNAC!
11 UHR! UND NOCH NICHT MAL ANGEZOGEN...
DIE DA...
HAT NUR EINEN FEHLER...
KOST' ZUVIEL
SO! JETZT GEHT'S ABER WIRKLICH RAN!
NUR NOCH MAL MUT ANTRINKEN
STEHT JA IMMER NOCH HINTER IHREN GARDINEN, DIE ALTE SAU!
DIE HAT VIELLEICHT EIN TALENT, MICH ZU NERVEN!
DIE NERVT! DIE NERVT!
BESONDERS WENN DIE FLASCHE LEER IST!
ABER COGNAC BRINGT MICH IMMER AUF GUTE GEDANKEN
HEH, DU FELDWEBELSWITWE!...
GUCK MAL RICHTIG HER!...
NUR EINE SEKUNDE...
REISER

KINDER, SEID BRAV, MUTTI BRINGT GLEICH DIE SUPPE
HOUK
HOUEK
HONK!
SCHEiiiSSE!
NEUES SPIEL, NEUES GLÜCK!

PÄCKCHENSUPPEN GEHN GOTT SEI DANK FIX
DAUERT TROTZDEM, BIS SIE HEISS SIND
AH!
ACH-TUNG!
KEHRT MARSCH!...
EH!
SCHEIIIIIIISSE!
OH, NEIN!
DAS GILT NICHT!...
ENDGÜLTIG LETZTER VERSUCH
TCHIC TCHIC
KINDER, SEID BRAV, MUTTI BRINGT GLEICH DIE SUPPE
ENTFERNUNG DER HINDERNISSE
DIESMAL HAUT'S HIN!
2

DIE SUPPEEH!
HOUK!
HEK
HOUOUOUK...
HOUEK
REISER

ISST DU ETWA DEINE POPEL?
WAS DABEI?...
DAS IST JA EKELERREGEND!
1

SAG WAS!
FRISST IHRE POPEL...
DA VERGEHT EINEM ALLES!
DIE GRÖSSTE DRECKSAU, DIE MIR JE UNTERGEKOMMEN IST...
HAST DU ÜBERHAUPT KEIN SCHAMGEFÜHL?
WENN'S MIR DOCH SCHMECKT...
ES GEHT MIR AUCH GAR NICHT DARUM, DASS DU DEINE POPEL FRISST,...
... SONDERN DASS DU DEINE POPEL FRISST UND MEIN SPERMA JEDESMAL AUSSPUCKST, WENN DU MIR EINEN BLÄST!
HI HI
REISER

PROUA
HAST DU EBEN GEFURZT?
JA WARUM?
DU FURZT, WÄHREND DU DEINEM KIND DIE BRUST GIBST?
NA UND?
DAS HAB ICH NOCH NIE ERLEBT!
EHRENWORT: ICH WAR IN KOREA DABEI, IN ALGERIEN, IM TSCHAD...
MAI-KÄFER FLIEG...
ICH HAB JEDE SORTE FRAUEN KENNENGELERNT, SCHWARZE, GELBE, MESTIZINNEN, JUNGE, ALTE, BÄUERINNEN, PRINZESSINNEN...
DEIN VATTER IS IM KRIEG
ABER NICHT EINE, NICHT EINE EINZIGE...
...DIE GEFURZT HÄTTE, WÄHREND SIE IHREM KIND DIE BRUST GAB, NIE UND NIRGENDS...
PROUA
1

GIBT ES DENN ETWAS SCHÖNERES... ALS EINE MUTTER, DIE IHREM BABY DIE BRUST GIBT?...
UND ETWAS HÄSSLICHERES... ALS EINE FRAU, DIE FURZT, WÄHREND SIE IHR BALG STILLT?...
PROUA
NEIN, NEIN UND ABERMALS NEIN, SO WAS ABSCHEULICHES IST MIR NOCH NICHT UNTERGEKOMMEN!
NOCH NIE
OBWOHL ICH WAHRLICH GENUG HÄSSLICHES GESEHEN HAB...
PROUA
IN KOREA HAB ICH JUNGS GESEHEN, DIE VOM NAPALM REGELRECHT GEGRILLT WURDEN...
IN INDOCHINA WELCHE MIT AUFGESCHLITZTEN BÄUCHEN, IN DIE DER VIETMINH STEINE REINSTOPFTE
IN ALGERIEN DIE FOLTERUNGEN...
MAIKÄFER FLIEG...

ABER DAS WAR ALLES NIX GEGEN DEN ANBLICK EINER FRAU, DIE BEIM STILLEN FURZT!
PROUA
MAIKÄFER FLIEG, DEIN VATTER is im KRIEG...
DEIN MUTTER is in LEGOLAND... LEGOLAND is ABGEBRANNT...
PROUA
IST DAS ALLES, WAS DU AN WIEGENLIEDERN KENNST?
NÖ
... ABER ZU DEM HIER KANN ICH AM BESTEN FURZEN, REIN RHYTHMUSMÄSSIG!
PROUA
3
REISER

KAH HAK HAK
KEK KESS KESS
KESS KESS KESS
KRRRR
ICH MUSS AUFHÖREN!
HÖÖRRRRRRRR
HKSSSS HKSSSS HKSSSS
ARRRRRR ARRR ARRRR
KASSS KASSS
ICH MUSS SOFORT MIT RAUCHEN AUFHÖREN
UNWIDERRUFLICH!
HIER, MAMA, DEINE TIGARETTEN!
DU IDIOT, ICH SAGTE OHNE FILTER!
REISER

SO WÄSCHT MAN KEIN KIND!
SO TROCKNET MAN KEIN KIND AB!
SO BEHANDELT MAN KEIN KIND

BAUZ
ARMES KERLCHEN
SO WAS GIBT MAN KEINEM KIND ZU ESSEN!
EINEM ALTEN MENSCHEN ÜBRIGENS AUCH NICHT...

ALLES KLAR, BIN IMMER NOCH DIE SCHÖNSTE!
IST DAS NICHT EIN PRACHTSTÜCK, MADAME?
PLAF
PLAF
NIX ALS FESTES FLEISCH!
PLAF
PLAF
?
PLAF
PLAF
WAS IST DA LOS?
DA! DIR WERD ICH HELFEN, NACH DEINER MUTTER ZU SPANNEN, DU KLEINER DRECKSPATZ!
PLAF
REISER

ICH MUSS MICH WASCHEN
MINDESTENS DREI TAGE HER ...
... DASS ICH EIN STÜCK SEIFE ANGEFASST HAB!
ES JUCKT!
DIE UNTERHOSEN MUSS ICH AUCH WECHSELN ...
RENTIERT SICH!
DU SCHANDE, WAS 'N BERG!
DANN MUSS ICH DEM ALTEN ARSCHLOCH WAS ZU FRESSEN HINSTELLEN!
GRAUSAM!
UND DER WILL AUCH NOCH ORIGINELLE GERICHTE
DER ARSCHFICKER!
BLOSS KEINE PANIK, FASSEN WIR ZUSAMMEN ...
TOILETTE MACHEN
WÄSCHE ... GROSSE WÄSCHE ... SEHR GROSS! ...
GESCHIRR ... UNMENGEN! ...
PLUS: ORIGINELLES ESSEN
ALLES INNERHALB VON ZEHN MINUTEN! ...
HAR HAR HAR
1

UND ICH HAB ÜBERHAUPT KEINEN BOCK!...
NICHT EINE!
SNIF
OCH, DIE GEHT EIGENTLICH DOCH NOCH...
DAS WICHTIGSTE IN SOLCHEN FÄLLEN: NIE DAS GOTTVERTRAUEN VERLIEREN
UND DAMIT DAS GOTTVERTRAUEN BLEIBT, BRAUCHT'S FRISCHE UNTERHOSEN...
MMM MMM
SO! DAS PROBLEM WÄSCHE WÄR ERLEDIGT
DER ELAN IST WIEDER DA, DER REST WIRD IM SELBEN STIL ERLEDIGT...
FRISCHE UNTERHOSEN...
KEINE FRISCHE UNTERHOSE MEHR?
EINE BÜCHSE CORNED BEEF ...
...DAZU DIE ESSSTÄBCHEN, DIE ICH BEIM CHINESEN GEKLAUT HAB
2

HE HE HE
UND SCHON ISSER WEG, DIESER ALBTRAUM VON GESCHIRR!...
'N ABEND, SCHATZ!
IST DAS ALLES?
WIESO, IST DOCH WAS ECHT ORIGINELLES, CHINESISCH!
ES FEHLT ABER DIE SCHARFE SAUCE...
BITTE SEHR!
JA, DAS IST TATSÄCHLICH ORIGINELL!...
NA ALSO, WER WIRD SICH IM ERNST NOCH DEN HERZBÄNDEL ABRENNEN FÜR EINEN MANN...
REISER

LOS DALLI, OPA! GROSSE WÄSCHE, PIPI, KACK, ALLES IN EINEM AUFWASCH, ICH HAB'S EILIG
EIN LÖFFEL FÜR 14/18, EIN LÖFFEL FÜR STALINGRAD...
OMO
GUT DURCHKAUEN...
SCHNELLER!
AUSGIEBIG...
... SPÜLEN
DIE SAUBERE WÄSCHE ENTNEHMEN
LEERPUMPEN!
GÖLLÖG GÖLLÖG GÖLLÖG
GEHT DOCH NIX ÜBER EIN GUTES ALLZWECKWASCHMITTEL
REISER

KOMM, TRINK NOCH 'N SCHLUCK
WENN DU BESOFFEN BIST, HAB' ICH VIELLEICHT 'NE SCHWACHE CHANCE, DICH ZU FICKEN ...
WAS?
WAS SAGST DU DA?
WAS HAST DU DENN ?
SAG DAS NOCH MAL!
SAG NOCH MAL, WAS DU MIT MIR MACHEN WILLST, WENN ICH BESOFFEN BIN?!
JEANINE! ...
LOS, SAG'S!
SAG'S!
1

DU ELENDE SAU!
SO GLAUBST DU EINE FRAU VERFÜHREN ZU KÖNNEN, DU STÜCK SCHEISSE ?!
DU NIMMST JETZT DEINE SIEBENSACHEN...
UND RRAUS! DU AMSELFELDER-CASANOVA!
„AMSELFELDER-CASANOVA"!
DAS IST GUT, AUF SOWAS KOMMT AUCH NUR JEANINE!
DIE HÄTTE DAS ZEUG ZUR SCHRIFT-STELLERIN...
ICH BIN WIRKLICH DAS LETZTE, IHR SOLCHE SACHEN ZU SAGEN...
HAT MIR VÖLLIG ZU RECHT IN DEN ARSCH GETRETEN
JEANINE IST EINE VERKANNTE ROMANTIKERIN
JEANINE IST EINE WUNDERVOLLE FRAU!
REISER

DIE GROSSEN ALBEN

Phantasien
110 Seiten, farbig
24 x 30 cm
DM 29,80
ISBN 3-89719-120-2

Der Schweinepriester
48 Seiten, sw
24 x 30 cm
DM 19,80
ISBN 3-928950-46-0

Saison des amours
72 Seiten, sw
24 x 30 cm
DM 19,80
ISBN 3-928950-98-3

Die roten Ohren
56 Seiten, sw
24 x 30 cm
DM 19,80
ISBN 3-89460-036-5

Man muss das Leben genießen!
64 Seiten, sw
24 x 30 cm, DM 24,80
ISBN 3-928950-76-2

Leben unter heißer Sonne
72 Seiten, sw
24 x 30 cm, DM 19,80
ISBN 3-928950-07-x

Familie Schlaubuckel
48 Seiten, sw
24 x 30 cm,
DM 19,80
ISBN 3-922969-85-2

Mein Papa
64 Seiten, sw
24 x 30 cm,
DM 19,80
ISBN 3-928950-53-3

Es ist genug für alle da
64 Seiten, farbig
24 x 30 cm,
DM 24,80
ISBN 3-89719-121-0

Seid ihr hässlich!
64 Seiten, sw
24 x 30 cm,
DM 19,80
ISBN 3-922969-92-5

Tierleben
72 Seiten, farbig
24 x 30 cm
DM 24,80
ISBN 3-922969-80-1

Sexdoping!
72 Seiten, farbig
24 x 30 cm
DM 24,80
ISBN 3-928950-06-1

Jeanine
72 Seiten, sw
24 x 30 cm
DM 19,80
ISBN 3-928950-77-0

Zurück zur Natur
72 Seiten, sw
24 x 30 cm
DM 19,80
ISBN 3-89719-122-9

Das Glück hat uns links liegen lassen
120 Seiten, farbig
24 x 30 cm, DM 29,80
ISBN 3-928950-94-0

achter bahn AG

Achterbahn AG · Werftbahnstraße 8 · 24143 Kiel · Telefon 04 31-70 28 200 · Fax 04 31-70 28 228